小さな
花と空と
祈りと

With a little flower
The sky
And a prayer

東京図書出版

アフリカに住む、キリンのシークレッドは７歳

シークレッドはお母さんが大好き
いつも、優しく抱きしめてくれる
お母さんもシークレッドを愛してる

シークレッドはお父さんが大好き
美味しいアカシアの葉をくれたり
ライオンから身を守ってくれる
お父さんもシークレッドを愛してる

シークレッドはお兄さんが大好き
いつもいっしょに遊んでくれるから
そして、おやつもわけてくれる
お兄さんもシークレッドを愛してる

シークレッドはおじいちゃんが大好き
楽しいお話を聞かせてくれるから
おじいちゃんもシークレッドを愛してる

シークレッドはおばあちゃんが大好き
僕の話をいつも嬉しそうに聞いてくれる
おばあちゃんもシークレッドを愛してる

シークレッドはお友達も大好き

元気がないとき、いつも励ましてくれる

お友達もシークレッドを愛してる

みんな愛しあっているのに……

ある日突然に……

シークレッドはたくさんの人間に囲まれ、

捕まってしまった

シークレッドは力のかぎり大きな大きな声

で鳴いた

そして、ついに今まで見たことのない大きな

トラックに乗せられた

シークレッドはとても悲しくて怖くてずっと

泣きつづけていた

お父さんとお母さんは、ご飯も食べず、
眠らずにずっとずっと森の中を探し回った
嵐の日も、燃えるような暑い日も……
来る日も来る日もシークレッドを探した

お父さんとお母さんにとって

家族にとってかけがえのない大切なシークレッド

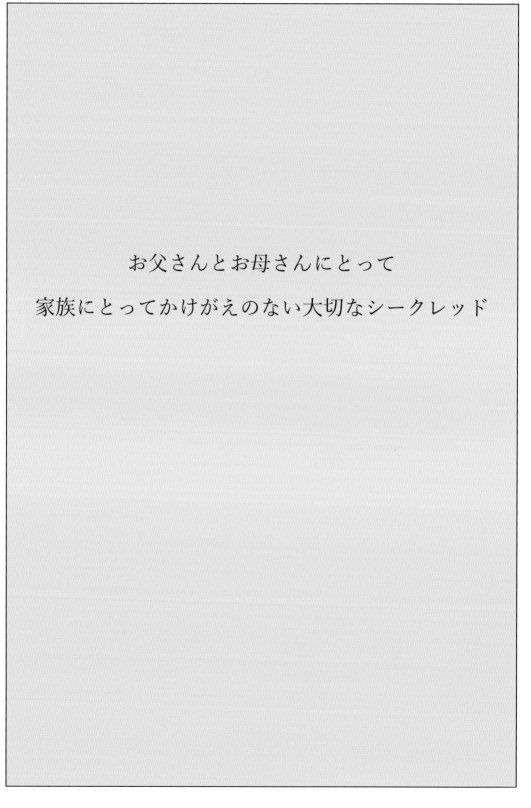

愛は決して奪うことができない

愛こそ与えるもの

愛は優しい

愛は温かい

愛は世界で一番尊く大切なもの

そして

愛に争いはいらない

愛に権力もいらない

愛に武器もいらない

愛にいじめもいらない

小さな花に愛を添えて

空を見上げて祈ろう

平和と愛を

そして、胸に抱きしめよう !!

愛は優しい

愛は温かい

愛は世界で一番尊く大切なもの

愛は見えない

でも、やがて見えるもの

いつの日か、遠くにいるシークレッドも

気づくはず

お母さん、

愛ってなぁに……

どこにあるの

どんな形

ねぇ、ねぇお母さん、愛ってなぁ〜に

愛

それは見えないのよ

だから愛は感じるもの

感じたらね、きっと心が温かく優しくなれる

ねぇ、とっても素敵なことでしょ !!

小さなあなたの命に愛と祈りを

終わり